AF153554

Friedrich W. Olpen

Das Herz will singen

Heitere und besinnliche Gedichte

© 2021 Friedrich W. Olpen

Verlag & Druck: tredition GmbH, Halenreie 40-44, 22359 Hamburg

978-3-347-31292-0 (Paperback)
978-3-347-31293-7 (Hardcover)
978-3-347-31294-4 (e-Book)

Bibliografische Information der Deutschen Nationalbibliothek:
Die Deutsche Nationalbibliothek verzeichnet diese Publikation in der Deutschen Nationalbibliografie; detaillierte bibliografische Daten sind im Internet über http://dnb.d-nb.de abrufbar.

Abendläuten

nach einem russischen Volkslied

Die Glocke tönt im Abendschein,
tief in mein Herz ihr Klang zieht ein.

Gedanken ruft ihr Klang zurück
an Kinderschmerz, an junges Glück.

Der Glockenton drang weit hinaus
beim Lebewohl vom Vaterhaus.

All jene grüßt der Glockenton,
die diese Welt verließen schon.

Die Glocke ruft, es tönt ihr Klang,
hallt in mir nach mein Leben lang.

Abendstimmung

Es wirft die Sonne Schatten,
sie malt in Busch und Wald,
ihr Licht will nicht ermatten,
doch Abend wird es bald.
Ein Glöckchen tönt, der Tag zu Ende geht,
des Glöckchens Klang ist ein Gebet.

Der Lärm vom rauen Tage,
ist endlich nun verhallt,
es ruht des Tags Gejage,
es ruhen Jung und Alt.
Die Räder schweigen, Wind nur raunt sein Lied,
das über Flur und Felder zieht.

Kein Hadern und kein Streiten
erlaubt der Abendschein,
die Seele zupft die Saiten
und Friede stellt sich ein.
Das Herz will singen voller Heiterkeit,
von Kümmernis und Gram befreit.

Der Abend senkt sich nieder,
bald Nacht die Welt verhüllt,
so mancher Traum kehrt wieder,
der nie sich hat erfüllt.
Schon bald erstrahlt des Himmels Sternenzelt,
es schweigt im Silberlicht die Welt.

Alte Freunde

Wenn sich da in frohem Kreise
alte Freunde wiederseh´n
zieh´n Gedanken auf die Reise,
wie im Wind die Wolken geh´n.
Alte Zeiten wachen auf
aus so manchem Lebenslauf.

Altes Garn wird gern gesponnen,
oft verklärt die Jugendzeit,
doch auch Einsicht wird gewonnen
über die Vergänglichkeit.
Freunde sind ein Wert,
schade drum, wer sie entbehrt.

Wenn sich alte Freunde sehen,
rührt sich auch Erinnerung.
Freunde zueinander stehen,
spenden sich Ermutigung.
Freundschaft sich bewährt,
sie bleibt treu und nie verjährt.

Arbeit

Arbeit unser Leben süßt,
heißt es, wie man weiß,
doch wer Arbeit so begrüßt,
kennt nicht ihren Schweiß.
Wenn die Arbeit süß soll sein,
dann verneint sie Zwang,
durch Freiwilligkeit allein
Arbeit steigt im Rang.

Seht uns Sängerrentner an,
arbeitsam wie eh,
steh´n wir zünftig uns´ren Mann
ohne Ach und Weh,
singen uns an Liedern heiß
ohne Druck und Zwang,
und mit unentwegtem Fleiß
treiben wir Gesang.

Rentner sind gern hilfsbereit,
haben auch noch Schwung,
nehmen sich für Damen Zeit,
sind sie hübsch und jung.
Nicht allein vom Chorgesang
oft die Birne raucht,
auch am Tresen stundenlang
werden sie gebraucht.

Auf ins Grüne

Männer, Freunde, auf ins Grüne,
lasst uns wandern durch die Au.
Die Natur ist uns´re Bühne
unter Wolken auch mal grau.
Lasst uns wandern in die Weite
ohne Trübsal frisch und frei,
alle Sorgen schiebt beiseite,
lasst den Frohsinn nicht vorbei.

Männer, Freunde, lasst uns singen,
stimmt ein Lied der Freude an,
lasst es in die Runde klingen,
wo sein Echo hallen kann.
Singen ist Gewürz im Leben,
es erhält die Sinne jung,
lasst uns mit Gesang umgeben,
der beflügelt Mut und Schwung.

Männer, Freunde, jeden freue,
der beim Wandern Durst verspürt,
niemand sich zu sagen scheue:
Durst dem Wanderer gebührt.
Lasst und eine Schenke finden,
wo wir fröhlich kehren ein,
um den Durst zu überwinden,
sei´s mit Fassbier oder Wein.

Aufforderung

Schön ist die Erde um uns her
in ihrer bunten Pracht.
Ist unter uns da irgendwer,
den sie nicht fröhlich macht?
Lasst keinen Trübsinn in euch zu,
genießt des Lebens Gang.
Fröhlicher Sinn macht frei im Nu
von Bitterkeit und Zwang.

Wenn euch die Last des Alltags plagt,
Euch Unbill widerfährt,
jammert nicht weinerlich und klagt,
ihr wisst, was sich bewährt.
Frohsinn vertreibt, was Ärger macht,
die gute Laune stiehlt.
Bald schon der Himmel wieder lacht,
wo froher Sinn befiehlt.

Gönnt auch dem Nachbarn etwas Glück
und etwas Fröhlichkeit.
Gebt ihm vom Kuchen ab ein Stück
und schenkt ihm etwas Zeit.
Wohl dem, der seinen Frohsinn teilt
mit And´ren unbeschwert.
Frohsinn die Welt von Übeln heilt,
er macht sie lebenswert.

Bergische Mädchen

Die Mädchen im Rheinland
verbreiten gern Glanz,
Bewunderung fordern sie ein,
und wenn sie sich drehen
so reizend beim Tanz,
betören sie Herzen aus Stein.

Die Mädchen im Rheinland,
sind freundlich und nett,
sie wollen die Zierde des Landes sein.
Sie kleiden sich modisch,
sind gerne adrett,
sind fröhliche Kinder vom Rhein.

Die Mädchen im Rheinland
sind hausfraulich gut,
sind herzlich und nicht nur zum Schein,
sie haben dazu auch
noch Feuer im Blut,
das zeigt sich beim Tanz und beim Wein.

Doch die, die uns allen
am besten gefallen,
sind die mit Verstand
aus dem Bergischen Land

Bier und Wein

Freunde, seht hier Bier und Wein,
schenkt euch davon wacker ein!
Hoch soll leben jeder Mann,
der ein Lied stimmt gerne an.

Lieder sind ein hehres Gut,
wirken wie Arznei im Blut.
Darum pflegen wir Gesang,
er beflügelt, hält in Gang.

Wo man singt, siegt Fröhlichkeit,
Lieder bannen Groll und Streit.
Wo man singt bei Bier und Wein,
finden Menschen schnell sich ein.

Lieder öffnen Tür und Tor,
locken Freundlichkeit hervor.
Schalk und Witz, wenn wohlgemeint,
Gleichgesinnte gern vereint.

Glas an Glas nun alle stoßt,
singt euch zu ein frohes Prost.
Hoch soll leben jeder Mann,
der ein Lied stimmt gerne an.

Bitterer Winter

Bitterer Winter, ach, bist du kalt,
weiß sind die Büsche, kahl ist der Wald.
Nirgends ein Grashalm sprießt auf der Weide,
nirgends ein Blümchen blüht in der Heide.

Bitterer Winter, was hält dich fest?
Vögel und Hasen bleiben im Nest.
Kaum noch ein Bach durchbricht Eises Decke,
frostig im Reif steh´n der Strauch und die Hecke.

Wohl dem, der drinnen hütet das Haus,
der in die Kälte muss nicht hinaus.
Wohl dem, der wohnt in wohlwarmen Räumen
und lässt sich Zeit zum Ruhen und Träumen.

Bunter Frühling

Alles regt sich wieder,
was im Winter lag danieder;
es ist Frühling, der erwacht.
Durch die sanft bewegten Lüfte
schweben erste Blumendüfte,
und der Himmel dazu lacht.

Erste Blumenzwiebel sprießen,
alle Bäche wieder fließen,
frisches Grün ziert Busch und Wald.
Im Geäst, hoch in den Zweigen,
tanzen Vögel ihr Reigen,
und ihr Zwitschern fröhlich hallt.

Bald schon wird der Flieder blühen,
seine Farbenpracht versprühen,
und es lacht das Himmelszelt.
Bienen summen in den Linden,
süßen Nektar darin finden,
bunter Frühling, schöne Welt!

Buntes Laub

Buntes Laub prangt in den Bäumen,
Wald und Flur in Farben lacht.
Lasst uns keinen Tag versäumen
draußen in des Herbstes Pracht.

Lässt der Herbst die Nebel sinken,
wird es grau um uns im Tal.
Doch noch schöne Tage winken
mit dem nächsten Sonnenstrahl.

Schickt der Herbst uns kühle Winde,
naht der Winter, der vergeht.
Bald schon wieder blüht die Linde
und uns Frühlingsduft umweht.

Das Gebet

nach einem russischen Volkslied

In Stunden, wenn mich Furcht befällt,
mir Leid zu Herzen geht,
wenn nur noch grau mir scheint die Welt,
dann stärkt mich ein Gebet.

Die Worte spreche stumm ich hin,
sie wecken in mir Mut,
ein wunderbarer tiefer Sinn
im stillen Beten ruht.

Wenn Unrast engt die Brust mir ein,
Verzweiflung mich erfasst,
dann nimmt mir das Gebet allein
vom Herzen alle Last.

Das ist der Tag

Das ist der Tag, den wir herzlich begrüßen,
das ist der Tag, der zusammen uns führt.
Er wird die Stunden uns heute versüßen,
jeder die prächtige Stimmung verspürt.

Heute, da soll gute Laune nicht fehlen,
heute wird jedwede Sorge verdrängt.
Heut' wird allein uns der Frohsinn beseelen,
ja, voller Geigen der Himmel heut' hängt.

Lasst uns die Stunden des Tages genießen,
lachen und singen in heiterem Chor.
Nichts auf der Welt soll uns heute verdrießen,
heute regieren nur Witz und Humor.

Das verlorene Paradies

Durch Essen, nicht durch Trinken
verging das Paradies;
der Apfel war´s, dem Adam
sich schwelgend überließ.
Drum lasst die Äpfel winken,
wir wollen lieber trinken.

Und später rief das Schlemmen
die Sündflut auf den Plan,
nur Noah in der Arche,
nur der hat wohlgetan.
Er rettete sein Leben
und nebenbei die Reben.

Dem Noah nach den Fluten
das eine schnell viel ein;
er pflanzte aus die Reben,
damit es gäbe Wein.
Lasst Äpfel drum und Schlemmen,
weil die das Trinken hemmen.

Dem Rheinland gehuldigt

Dem Rheinland huldigt manches Lied,
so manches Dichterwort,
weil Wein und Sagen wie Magie
beflügeln dort die Fantasie
und ranken immer fort.

Das Rheinland zieht die Menschen an,
das war schon immer so,
denn viele Tage lacht am Rhein
vom Himmelszelt der Sonnenschein,
und der macht lebensfroh.

So huldigen dem Rhein auch wir
und stoßen auf ihn an,
auf seinen wunderbaren Wein,
der stets zum Singen lädt uns ein,
das Herz erfreuen kann.

Der Chordirigent

Es ist das Leid in vielen Chören,
dass oft ein Missklang tritt hervor.
So viele Töne sind zu hören,
nur wenig schmeicheln die dem Ohr.

Verlangt das Chorblatt ein Legato,
treibt oft Staccato den Gesang
und heißt es später „animato",
wird oft zum Trauermarsch der Klang.

Sind auch die schönen Melodien
im reinen Dreiklang arrangiert,
so klingen ihre Harmonien
doch häufig asynchronisiert.

Doch einer lässt sich nicht beirren,
das ist des Chors Dirigent.
Der lässt von gar nichts sich verwirren,
der weder Frust noch Panik kennt.

Der frühe Schnee

Der Schnee ist früh gefallen,
schon vor der rechten Zeit,
in glitzernden Kristallen
macht Flockenweiß sich breit.

Wohin soll das denn führen,
die Ehefrau sich grämt?
Den Schnee will das nicht rühren,
der häuft sich ungezähmt.

Ich muss wohl leider bleiben
im Gasthaus hier am Ort,
muss Grog mir einverleiben,
der Schnee lässt mich nicht fort.

Der Mensch, den Kummer plagt

Der Mensch, der sich mit Kummer plagt,
verschwendet frohe Stunden.
Wo Bitterkeit am Herzen nagt,
da heilen keine Wunden.
Von Glück kann sagen, wer vergisst,
was niemals mehr zu ändern ist.

So Mancher hat die Jugendzeit
vertan mit Vorwärtsstreben,
mit ängstlicher Betriebsamkeit
und Sucht nach Rang im Leben.
Viel besser ist das Gleichgewicht,
denn wer nicht steigt, der fällt auch nicht.

Die Sonne, die zu früh erstrahlt,
sieht mittags oft man weinen,
und wer sein Glück zu goldig malt,
der steht auf schwachen Beinen.
Wer auf dem Teppich bleiben kann,
der ist fürwahr ein weiser Mann.

Ein Schiff irrt manchmal fremd umher
und kämpft mit rauen Winden,
die Mannschaft hofft dann immer sehr,
den Hafen bald zu finden,
den Bug in Richtung gradeaus
zum Heimatstrand, nach Haus.

Wer ruht in sich und lebt vergnügt,
der wird sich nicht beklagen.
Was immer sich derweil auch fügt,
Verdruss wird er verjagen.
Stellt sich mal Sturm und Regen ein,
er weiß, es folgt auch Sonnenschein.

Der singende Müller

nach einem englischen Volkslied

Ein Müller lebte wohlgemut an einem Fluss mit Teich.
Er tat sein Werk von früh bis spät und sang der Lerche gleich.
Er sang sein Lied für sich dahin, er sang es unbeschwert
und machte keinen Hehl daraus: nichts rings umher ihn schert.

Das Mühlrad ging, der Müller sang vergnügt für sich allein.
Wo konnte es auf dieser Welt für ihn wohl schöner sein?
Er brauchte kein Gesetzesbuch und keine Medizin.
Was draußen fern der Mühle lag, das war nicht existent für ihn.

Der Fluss im Tal trieb Tag für Tag das Mühlrad fleißig an.
Der Müller bei des Tages Werk so manches Lied ersann.
Sein fröhlicher Gesang im Tal, der wurde weit gehört.
Der Müller sang tagaus tagein von Missklang ungestört.

Der wandernde Sänger

Ein Sänger ging auf Wanderschaft
und traf auf Räubersleute.
Die wollten ihm ans Leder wohl,
erhofften fette Beute.
Die Räuber zückten Messer
und kamen auf ihn zu.
Der Sänger griff zur Laute
und spielte auf im Nu.
Sein Lied gefiel der Schar, die plötzlich friedlich war.

Ein Sänger ging auf Wanderschaft
und traf auf einen Drachen.
Der wälzte sich an ihn heran,
spie Feuer aus dem Rachen.
Der Drache war gefährlich,
er wollte ihm ans Fell.
Der Sänger griff zur Laute,
begann zu singen schnell.
Er sang mit lauter Wucht, das Tier ergriff die Flucht.

Ein Sänger ging auf Wanderschaft
und traf auf Aphrodite,
die oben ohne irgendwas
auf einem Diwan kniete.
Sie war von großer Schönheit,
wahrhaftig zauberhaft.
Der Sänger griff zur Laute,
sang voller Leidenschaft.
Die Schöne ihm entgegen kam, und er sie in die Arme nahm.

So wirkt der Stimme Klang,
bewährt sich der Gesang.

Die Alten

Es liebten die Alten schon immer den Wein,
sie waren gehalten, doch artig zu sein.
Wer will es schon wissen, was alles geschah,
ob stets sie beflissen, ganz brav saßen da.

Die Alten gern prahlen mit Orgien wild,
die Schau sie wem stahlen, sich rückten ins Bild.
Was wirklich geschehen, das wissen wir nicht,
bei Nahem besehen scheint mau ihr Bericht.

Doch sicher ist Eines, sie pflegten Gesang,
denn das ist ein Segen, die Zeit wird nicht lang.
Die alten Geschichten, besungen beim Wein,
die werden gern Wahrheit mit Glorienschein.

Es liebten die Alten schon immer den Wein,
da können, verhalten, sie Vorbilder sein.
Auch wir wollen preisen zum Wein den Gesang,
und Ehre erweisen dem chorischen Klang.

Die einsame Harmonika
nach einem russischen Volkslied

Alles ruht in der Nacht bis zum Morgen,
nirgends lärmt es, kein Hammerschlag dröhnt,
doch da draußen, im Dunkel verborgen,
die Harmonika wieder ertönt.

Hin und her zieh´n die nächtlichen Klänge,
dringen sehnsüchtig klagend ins Ohr.
Die Harmonika zaubert Gesänge
aus dem Grund eines Herzens hervor.

Zarte Weisen die Liebe beschwören,
hallen wider und wider im Kreis.
Jeder Ton soll die Eine betören,
nur die Eine, die nichts davon weiß.

Die große Liebe

Auf eine Puccini-Melodie

Du meine große Liebe, dich kann ich nie vergessen.
Was du mir hast bedeutet, kann ich allein ermessen.
Wo einst entlang wir gingen ,dort unter alten Bäumen,
da schweben noch Gedanken aus meinen jungen Träumen.

Ich kann sie nicht verdrängen, die Tage einst im Mai,
die Zeit vergeht im Fluge, das Glück zieht schnell vorbei.

Leuchten bei Nacht die Sterne, höre ich Stimmen klingen,
die wie in jenem Frühling Lieder der Liebe singen.
Ich sehe, wie wir Beide durch Blütengärten gehen
und uns die große Liebe zärtlich eingestehen.

Ich träume jeden Frühling von damals, von uns'rem Glück,
doch weiß, die schöne Zeit kehrt niemals mehr zurück.

Die Jahre vergehen

Sind auch die Jahre schnell vergangen,
liegt auch zurück die Jugendzeit,
das, was noch kommt lässt, uns nicht bangen,
vorwärts wir seh´n mit Mut und Schneid.

Frühling und Sommer ständig gehen,
Herbstlaub macht bald im Land sich breit,
doch unser Frohsinn bleibt bestehen
lange noch, bis es schließlich schneit.

Dort, wo man singt, da lass dich nieder.
Das ist ein Rat, den wir versteh´n.
Drum hier erklingen uns´re Lieder,
sollen uns froh zu Herzen geh´n.

Irgendwann trifft uns ein Hagelschlag,
heute jedoch genießen wir den Tag!

Die letzte Rose

nach einem irischen Volkslied

Eine letzte so vieler Rosen
lässt der Sommer allein zurück.
All die anderen namenlosen
sind vergangen im Sommerglück.
Welche and´re Blume blüht noch,
will der Rose späte Schwester sein?
Eine Rose so blutrot glüht noch
wie die Sonne im Abendschein.

Letzte Rose lass dich nur wiegen,
dreh' im Wind dich ins Sonnenlicht.
Will der Wind dich auch achtlos biegen,
doch dich brechen, das kann er nicht.
Lass des Herbstes Sonnenstrahlen
kleiden ein dich in ein Prachtgewand,
deinen Schatten lass zart sie malen
unberührt in den Heidesand.

Nie im Leben will ich vergessen,
letzte Rose, dein Bild in mir.
Nichts kann jemals mit dir sich messen,
mit der schönsten der Blumen Zier.
Wird auch alles bald vergehen,
soll dein Bild doch letzter Trost mir sein,
denn ich durfte dich blühen sehen,
war es spät auch im Abendschein.

Die Schwalbe

nach einem mexikanischen Volkslied

Wohin die Schwalbe wird von hier wohl fliegen,
wo wird vom Flug sie schwach und müde sein?
Wird sie dem Sturmes Ungestüm erliegen,
wo mag sie stranden, schutzlos und allein?

Ein fremder Jüngling will ein Nest ihr bauen,
behüten sie vor Hagel, Eis und Wind.
Auch er ist fremd, kann sie ihm arglos trauen,
weil einsam beide sie Im Lande sind?

Daheim des Schicksals rauer Macht entflohen,
verlor der Jüngling alles Gut und Glück.
Ihm, wie der Schwalbe, stets Gefahren drohen,
doch sie kehrt heim, für ihn gibt´s kein Zurück.

Du, Schwalbe, kannst den jungen Mann beglücken,
dein Zwitschern ist ihm von daheim bekannt.
Wenn ihn der Schmerz des Heimwehs will erdrücken,
bist du ihm Bote aus dem Heimatland.

Doktor und Trinker

Mein Doktor hat jüngstens mir ernstlich gedroht:
Entsage dem Wein oder bald bist du tot.
Ob Wein von der Mosel, der Nahe, vom Rhein,
gleichwohl wird das Trinken dein Ende bald sein.

Auf Wein zu verzichten, drauf gab ich mein Wort,
doch alle meine Schwüre, die schlichen sich fort.
Der Riesling, Burgunder, Silvaner vom Main,
die Neuen, die Jungen, die luden mich ein.

Ich wollte nur kosten ein Schlückchen ja nur,
doch das widersprach meiner ganzen Natur.
Nun trinke ich wieder per Du mit Freund Hein,
hoch lebe der Doktor, hoch lebe der Wein.

Drei Sterne

Am Himmel, da funkeln drei Sterne,
ein jeder mit eigenem Sinn.
Wir Menschen betrachten sie gerne,
zu ihnen die Träume zieh´n hin.

Der erste der Sterne da oben,
der steht für Gesang und das Lied,
von fröhlichem Leuchten umwoben,
sein Strahlen die Herzen durchzieht.

Der zweite die Liebe lässt gleißen
in silbernem, leuchtenden Licht,
die Liebe, die Glück will verheißen,
die niemals in Zweifeln zerbricht.

Der dritte der himmlischen Boten,
der funkelt als Wacht für den Wein,
der strahlt für den weißen wie roten,
lädt Sänger und Liebende ein.

Du bunter Herbst

Du bunter Herbst, sei froh begrüßt,
begrüßt viel tausend Mal,
in uns´ren Herzen du erblühst
im späten Sonnenstrahl.
Du willst noch einmal zeigen
die Vielfalt der Natur
in Farben, die dir eigen,
in Wald und Feld und Flur.

Du bunter Herbst, willkommen sei,
du krönst das Erntejahr,
der Himmel leuchtet wolkenfrei
noch einmal blau und klar.
Du hast das Jahr vollendet,
die grüne Sommerzeit,
hast Segen rings gespendet,
zur Rast bist du bereit.

Du bunter Herbst, es geht ein Lied,
ein Dank uns durch den Sinn,
das Jahr an uns vorüber zieht,
es rinnt die Zeit dahin.
Doch, Herbst, lass dich besingen,
ein Loblied soll es sein,
ein Lob vor allen Dingen
dem guten neuen Wein.

Ermutigung

Seht auf zum Himmel, der klar ist und heiter,
blau überspannt er das sattgrüne Land.
Weißgraue Wölkchen, die Sonnenbegleiter,
wirken wie Tupfer im Strahlengewand.
Lasst euren Blick in die Runde nur schweifen,
wo so viel Anmut ist weithin zu seh´n.
Lasst uns die Gunst dieses Tages ergreifen,
und in der Freude am Dasein ergeh´n.

Öffnet die Herzen dem quirligen Leben,
das sich entfaltet in Auen und Flur.
Seht an die Wunder, die rings uns umgeben,
zeichnen das Wirken der Mutter Natur.
Hört wie die Quellen ins Tal sich ergießen,
Wasser hin tragen in Acker und Feld.
Seht wie die Ähren im Sonnenlicht sprießen,
Blühen und Wachsen bestimmt uns´re Welt.

Zieht eurer Wege, lasst nie euch beirren,
blickt in die Zukunft mit fröhlichem Mut,
lasst euch von niemand, vor gar nichts verwirren,
meistert den Alltag mit ruhigem Blut.
Freut euch des Lebens, singt froh eure Lieder,
haltet Gemeinsinn und Freundschaft in Gang,
würdigt die Schönheit der Welt immer wieder,
feiert das Leben mit frohem Gesang.

Ferner Schatz

nach einem argentinischen Volkslied

Ferner Schatz, fern da draußen, ich lieb' dich so sehr.
Meine Liebe zu dir gründet tief wie das Meer.
Die Gedanken an dich geh'n mit Wehmut einher,
ferner Schatz, fern da draußen, ich liebe dich sehr.

Ferner Schatz, dürfen jemals wir nahe uns sein?
Meine Hoffnung verzehrt sich in Kummer und Pein.
Ach, ich darf wohl nur träumen, verharren allein.
Ferner Schatz, dürfen jemals wir nahe uns sein?

Ferner Schatz, mein Verlangen, mein Trachten gilt dir.
Busch und Baum, Stock und Stein, alles trauert mit mir
Allzu hart hält das Schicksal dich dort und mich hier.
Ferner Schatz, mein Verlangen, mein Trachten gilt dir.

Ferner Schatz, meine Liebe bleibt tief wie das Meer,
ferner Schatz, fern da draußen, ich lieb' dich so sehr.

Freude

Lasst uns froh von Herzen singen,
das macht Freude, ist Genuss,
denn die Freude kann bezwingen
jeden Kummer und Verdruss.
Alle Sorgen sollen schwinden,
nur die Freude soll uns binden.
Ruft sie mit Gesang herbei,
stets willkommen sie uns sei.

Lasst Gedanken uns verbannen,
die der Trübsal nahe steh´n,
lasst uns froh den Bogen spannen
zu der Welt, die schön wir seh´n.
Nur die Freude kann dem Leben
Einen Sinn und Richtung geben.
Lasst begrüßen uns den Tag,
wie er zeigen sich auch mag.

Mit der Freude eng verbunden
wird Erinnerung entfacht,
die vermittelt schöne Stunden,
die im Glück wir zugebracht.
Lasst die schönen alten Zeiten
in das Heute uns begleiten,
denn aus der Erinnerung
winkt die Freude frisch und jung.

Freunde, trinkt aus

nach einem Volkslied aus Frankreich

Wie freuten uns´re Väter sich,
wenn sie beim Mahl viel Zeit sich nahmen.
Dann floss in Strömen Wein bei Tisch,
feuchtfröhlich war dabei der Rahmen.

Die Väter kannten kein Latein,
das war für Theologen,
doch immer schätzten sie den Wein,
dem waren alle stets gewogen.

Von Krankheit waren sie nicht frei,
oft traf sie Frust, an dem sie litten.
Für alles war der Wein Arznei,
das war zu keiner Zeit umstritten.

Sie tranken frisch vom Fass den Wein,
und liebten Singen dabei sehr.
Soll es bei uns denn anders sein?
Trinkt aus, trinkt eure Gläser leer!

Freundschaft

Freundschaft ist ein hohes Gut,
ist ein Schatz im Leben,
steht dir bei mit Herz und Mut
ohne Widerstreben.
Freundschaft nimmt der harschen Welt
viel von ihrem Grauen,
wohl dem, der auch ohne Geld
kann auf Freunde bauen.

Freundschaft aber gibt es nicht
ohne feste Regeln,
Freundschaft nimmt dich in die Pflicht,
willst du mit ihr segeln.
Auch der Taugenichts und Dieb
schmiedet Freundschaftsbande,
doch sein Wort geht durch ein Sieb,
zählt nicht mal Rande.

Freundschaft zeigt sich nicht im Spiel,
nicht bei Trinkgelagen,
wird sie auch beteuert viel,
kommt sie nicht zum Tragen.
Wohler fühlt sich Freundschaft dort,
wo Humor verbindet.
Wo man lacht, da ist ein Hort,
wo sich Freundschaft findet.

Fröhlich durch´s Leben

Fröhlich durch´s Leben
möchte ich gerne zieh´n,
himmelhoch schweben,
allem Gezänk entflie´n,
möchte erschließen
Täler und Höh´n,
möchte genießen,
was leben macht schön.

Mädchen und Frauen
weiß ich zu schätzen sehr,
sie zu durchschauen,
das aber, das ist schwer.
Drum such´ ich lieber
Freude beim Schoppen Wein,
der schürt kein Fieber,
lässt mich zufrieden sein.

Fröhlich wandern

Fröhlich wandern wir weiter,
schaut, der Himmel scheint heiter,
zeigt sein strahlendes Blau.
Das ist einer der Tage,
da verstummt jede Klage,
fortgewischt ist die Farbe Grau.

Lasst die Blicke nur schweifen,
dankbar, froh uns begreifen,
was uns schenkt die Natur.
Wiesen, Auen und Wälder,
Ähren tragende Felder,
weit und breit eine grüne Flur.

Wo am Hang blühen Reben,
da gefällt uns das Leben,
denn da fließt auch der Wein.
Den wir wollen uns gönnen,
ja, solange wir können.
Wein soll immer ein Freund uns sein.

Fröhlich wandern und singen,
bringt die Seele zum Schwingen,
macht im Herzen uns reich.
Dort, wo Lieder erklingen,
immer wieder sie bringen
Frohsinn, Freundschaft und Wohl zugleich.

Frohsinn und Gesang

Es währt nichts für immer auf Erden,
es wechselt die Zeit ihr Gesicht.
Das Wohlsein weicht schnell den Beschwerden,
und dennoch verzagen wir nicht.

Das Leben, das lässt sich betrachten
in trübem wie heiterem Schein,
es weinten die Menschen und lachten,
so wird es auch zukünftig sein.

Wir schätzen gemeinsame Stunden,
wir feiern so mancherlei Fest.
Wir bleiben in Freundschaft verbunden,
solange das Leben uns lässt.

Wenn Wolken den Himmel verdunkeln,
wenn´s regnet bei Tag und bei Nacht,
die Sterne doch bald wieder funkeln,
die Sonne schon bald wieder lacht.

Der Wein in geselliger Runde
befreit uns von Hader und Zwang.
Wir sind mit dem Frohsinn im Bunde:
Ein Hoch auf Humor und Gesang.

Frohsinn, Geschenk

Frohsinn, himmlisches Geschenk,
komm' in uns're Runde,
echte Freundschaft eingedenk
sei mit uns im Bunde.
Lasst uns singen frisch und frei,
frönen dem Humor dabei,
gönnen uns die Stunde.

Frohsinn, sei bei uns zu Gast
heute und auch morgen,
schütze uns vor Groll und Hast,
banne, was macht Sorgen.
Wer schon weiß an diesem Tag,
was die Zukunft bringen mag,
was sie hält verborgen.

Frohsinn, lass uns nie im Stich,
auch wenn Stürme toben,
wenn es schüttet fürchterlich
aus den Wolken droben.
Lasst uns froh und heiter sein
bei Gesang, bei Bier und Wein,
Eintracht uns geloben.

Gefühle

nach einem brasilianischen Volkslied

Wenn ich bei dir bin, dir nah,
dich wie damals vor mir sehe,
sind Gefühle wieder da,
alte, die ich neu verstehe.
Was damals ich erfahren,
kein Augenblick jemals verliert den Sinn.
Gefühle verbleiben, bewahren,
was letztlich dem Leben beschert Gewinn.

Wenn ein Freund, der nah mir steht,
Abschied nimmt, um fort zu reisen,
ein Stich durch´s Herz mir geht,
Gefühle schmerzlich sich erweisen.
Die Liebe mag mich narren,
wenn freundlich sie lacht und betrübt zugleich.
Gefühle im Herzen verharren,
sie bleiben, sie wachsen und machen reich.

Seh´ ich vor mir dein Gesicht
und sehe deine Augen strahlen,
mein Herz dann Bände spricht,
Gefühle darin Bilder malen.
Gedanken mögen fliehen,
Gefühle stets bleiben beredt zurück,
Gefühle sich niemals entziehen,
begleiten das Leben als Schmerz und Glück.

Gerstenbräu

nach einem litauischen Volkslied

Wundersame Kräfte,
wahre Lebenssäfte
Gerstenbräu entfaltet,
wo Bedrücktheit waltet.
Gerstenbräu kann laben
Mägdelein wie Knaben.
Drum, ihr müden Zecher,
füllt euch neu die Becher.

Gerstenbräu birgt Wahrheit,
schafft in Vielem Klarheit,
fördert Mut zu Tage,
lindert manche Klage.
Geht es mal ums Küssen,
Mädchen sind beflissen;
schwarze, blonde, rote
pfeifen auf Verbote.

Bräu aus Malz und Hopfen:
Labsal jeder Tropfen,
Balsam für die Kehle,
Nahrung für die Seele.
Gerstenbräu soll fließen,
lasst uns ihn genießen,
ward er doch erfunden
für vergnügte Stunden.

Gesang ist Leben

Gesang ist unser Leben,
er macht uns froh und frei.
Wir sind ihm gern ergeben,
sind, wo man singt, dabei.
Will Trübsal uns befallen,
ein Lied die Stimmung hebt,
von seinen Intervallen,
das Herz wird neu belebt.

Gesang, der wird verstanden
an jedem fernen Ort.
Da ist etwas vorhanden,
das Brücken baut sofort.
Ein Lied hat, was verbindet,
hebt viele Schranken auf,
in seinem Geist sich findet
Gemeinsamkeit zuhauf.

In schönen Melodien
Gesang das Herz bewegt.
Im Chor, den Harmonien,
er seine Klänge pflegt.
Im täglichen Geschiebe
Gesang im Streit versöhnt,
er schließlich gar die Liebe
in Liedern preist und krönt.

Gesang

Gesang verschönt das Leben,
drum Freunde, pflegt Gesang.
Er kann den Geist erheben,
verleiht den Worten Klang.
Gesang schenkt bangen Herzen
den Mut zur Zuversicht,
vereint sich gern mit Scherzen
im launigen Gedicht.

Gesang schmückt seine Lieder
mit Bildern der Natur,
besingt sie immer wieder,
verherrlicht Wald und Flur.
Der Zauber seiner Töne
veredelt das Gefühl,
weckt Sinn für alles Schöne,
für anmutsvollen Stil.

Gesang im Freundeskreise
von Kümmernis befreit,
wirkt in vertrauter Weise
als Ruf zur Fröhlichkeit.
Gesang nimmt mancher Bürde
ein Stück von ihrer Last,
er fördert Takt und Würde,
gewährt dem Müden Rast.

Gesellige Freundschaft

Was perlt da im Glase, was funkelt im Becher?
Was steigert den Pulsschlag, ihr munteren Zecher?
Sagt, ist es allein, der spritzige Wein?
Nein!
Es ist uns´re Freundschaft, die lässt uns erglüh´n,
die uns aus dem Alltag lässt fröhlich erblü´n!

Was sind das für Töne, was sind das für Lieder?
Was hebt uns´re Stimmung im Alltag stets wieder?
Sagt, ist es ein Wort, das klingt ins uns fort?
Nein!
Es ist uns´re Freundschaft, gepflegt beim Gesang,
die Frohsinn und Eintracht hält fruchtbar in Gang!

Was hält uns zusammen, was macht uns beflissen?
Wie kommt´s, dass so schnell wir einander vermissen?
Sagt, ist Tradition die Motivation?
Nein?
Es ist uns´re Freundschaft, die wächst immer neu,
die liegt uns am Herzen, bleibt immer uns treu!

Glas und Fass

In der Schänke Felsgelass
ruhen still ein Glas und Fass.
Gern genießt das Glas die Stille
fern vom Schankgewühle,
und das Fass in seiner Fülle
schätzt des Kellers Kühle.

Hier das Glas dem Fass erzählt,
was die Menschen alles quält,
wer vor ihm im Groll gesessen,
wer im Gram versunken,
wer im Rausch die Zeit vergessen,
wer zu viel getrunken.

In der Schänke Felsgelass
ruhen still ein Glas und Fass,
bis der Pflicht sie neu sich fügen
als die Sorgenbrecher,
Frohsinn spenden und Vergnügen,
Trost und Mut dem Zecher.

Gott schütze die Reben

Im Glas seht ihn blinken,
ihn leuchten wie Gold,
er winkt, ihn zu trinken,
vom Herrgott gewollt.
Was hier uns gegeben,
ist edelster Wein,
den schenken uns Reben
am sonnigen Rhein.

Der Wein hilft entspannen,
hält an uns zur Rast,
hilft Gram uns verbannen,
der Kümmernis Last.
Der Wein fördert Leben,
zum Frohsinn lädt ein.
Gott schütze die Reben
am sonnigen Rhein.

Der Wein lässt erblühen
die Jugend im Blut,
lässt hell wieder glühen
verlorenen Mut.
Das Glas lasst uns heben,
hier wollen wir sein.
Gott schütze die Reben
am sonnigen Rhein.

Gute Laune

Wenn die Sonne zieht am Morgen freundlich auf
und beginnt mit jungem Licht den Tageslauf,
sind vom Alltagsleben
wir schon längst umgeben,
sind die Sorgen oft schon da zuhauf.

Doch was soll's, so ist es nun mal mit der Welt,
die uns allzu gerne mal ein Beinchen stellt.
Und vorbei an Hürden
gegen manche Bürden
bietet froher Sinn uns ein Entgelt.

Soll uns nicht verdrießen, was der Tag so bringt,
wenn das eine oder and're uns mißlingt.
Froher Sinn soll bleiben,
keine Hast uns treiben,
gute Laune jeden Frust bezwingt.

Heimatdorf

Denkt ihr noch in manchen Stunden
an das Dorf im Heimatland,
wo wir Kinder ungebunden
sind vergnügt umher gerannt?
Dorf, von Wald und Flur umrandet,
bunt von der Natur gewandet,
nie vergessen wird dein Bild,
als Vermächtnis es uns gilt.

Dorf mit deinen grünen Wiesen,
rings von Feldern dicht umbaut,
deine Ruhe, viel gepriesen,
ist uns immer noch vertraut.
Unter deinen alten Bäumen
ließ es sich so wohlig träumen.
Unsere Erinnerung
immer bleibt im Herzen jung.

Ja, es gab da auch die Linde,
die so oft besungen wird,
und ein Lied, ein Hauch im Winde,
folgt hinaus uns unbeirrt.
Ja, wir haben es gesungen,
niemals ist es ganz verklungen.
Lassen wir´s erwachen neu,
uns´rem Heimatdorf getreu.

Heiter leben

Ihr Freunde, lasst uns heiter leben,
mag rings die Erde auch erbeben.
Bei kühlem Bier und frischem Wein
soll Frohsinn uns willkommen sein.

Die Arbeit soll man auch mal lassen,
man soll mal Mut zum Nichtstun fassen.
Der Alltag sei vergessen mal,
sein Spiel steht heute nicht zur Wahl.

Wer weiß, was morgen wird uns blühen,
wie wir die Finger uns verbrühen.
Doch heute gibt es keinen Frust,
heut' zählt hier nur die Lebenslust.

Heiterkeit

Seht, der Himmel kann lachen,
alles heiter entfachen:
Felder, Wälder und Flur.
Rings auf blumigen Wegen
Will das Leben sich regen
allerorten in der Natur.

Über leuchtende Kiesel,
über Sandkorngeriesel
eilt der Bergbach zu Tal.
In den Büschen der Auen
Vögel Nester sich bauen,
trällern fröhlich in großer Zahl.

Alles hüpft und will springen,
wie die Nachtigall singen
in der umgebenden Pracht.
Unter schattigen Bäumen
Lässt es wohlig sich träumen,
wenn der Himmel so heiter lacht.

Herbst und Erntedank

Der Herbst ist da in buntem Kleid,
zum Erntedank uns mahnt die Zeit,
und Frohsinn lädt uns ein.
So binden wir den Erntekranz
und feiern mit Gesang und Tanz.
Das Jahr gab Brot und Wein.

Der Felder Frucht ist eingebracht,
ein wolkenloser Himmel lacht,
ein blaues Himmelszelt.
Musik erklingt von überall,
vom Berg zu Tal im Widerhall,
durch Wald und Flur und Feld.

So lasst uns alle dankbar sein
für Regen, Wind und Sonnenschein,
sie brachten Frucht hervor.
Die Abendglocke altvertraut,
sie schallt hinaus ein Danklied laut
zu Gott, dem Herrn, empor.

Herbstlied

Wenn der Herbst entlaubt den Strauch,
fällt die letzte Rose auch.
Wo der Windstoß hin sie weht,
bald zu Erde sie vergeht.

Alle Schönheit wird vergeh´n,
auch die Rosen, die da steh´n.
Alles welkt, ja, jedes Blatt,
dessen Grün geleuchtet hat.

Alte Erde berge still,
was im Frühling blühen will.
Was vergeht, so neu entsteht,
wenn der Hauch des Frühlings weht.

Herr Wirt, schenk' ein

Herr Wirt, noch einmal schenk' uns ein,
zieh' lang nicht dein Gesicht.
Wir Sänger hier, so muss es sein,
geh'n früh nach Hause nicht.

Herr Wirt, noch einmal schenk' uns ein,
wir geh'n noch nicht nach Haus.
Du hast ja doch kein Herz aus Stein,
du schmeißt uns noch nicht raus.

Herr Wirt, noch einmal schenk' uns ein,
uns ist so wohl bei dir.
Es schmeckt das Bier, es schmeckt der Wein,
drum bleiben wir noch hier.

Die ganze Zeit bis Mitternacht,
die hat mit Weisheit und Bedacht,
der liebe Gott für uns gemacht
zum Trinken, zum Singen, zum Fröhlichsein;
zum Trinken, zum Singen, für das allein.

Hoffnung

Hoffnung, Hoffnung, du bist Frühlingsblühen,
weckst das Leben wie das Licht die Flur.
Blumen leuchten, ihren Duft versprühen,
Hoffnung, Hoffnung, Wurzel der Natur.
Deine Stimme stets behutsam spricht,
zaubert wie der Frühling Zuversicht.

Hoffnung, Freundin allen, die da trauern,
sie im Unglück bleibt und niemals weicht,
die den Kummer hilft zu überdauern,
dunkle Seiten, schwarze Schatten bleicht.
Hoffnung lindert in den Herzen Gram,
tröstet sanft und leise wundersam.

Hoffnung weicht nicht vor des Schicksals Hürden,
kennt kein Zaudern oder banges Flieh´n.
Hoffnung scheut nicht Last und schwere Bürden,
die zu Boden den Geplagten zieh´n.
Keine Grenzen, Zäune Hoffnung kennt,
Hoffnung stets in jedem Herzen brennt.

Ihr alten Knaben

Ihr alten Knaben, was ist los,
was schaut ihr so vergrämt?
Das ist ja wahrlich dubios,
was kann es sein, was ist es bloß,
was euren Frohsinn lähmt?

Ihr habt gewiss doch keinen Grund,
dass ihr hier Trübsal blast.
Die Erde läuft noch immer rund,
ihr seid im Hirn noch kerngesund,
die Zeit nur fort euch rast.

Drum rafft euch auf, ein Lied stimmt an,
ein Loblied auf den Wein.
Gesang und Wein sind ein Gespann,
sind Medizin für jedermann,
sie fangen Frohsinn ein.

Ihr Männer

Ihr altbewährten Männer,
zum Wandern seid bereit,
ihr seid ja keine Penner,
denn die tun uns nur leid.
Wir wollen uns erfreuen,
die grünen Auen seh´n
und keine Mühe scheuen,
auch mal bergan zu geh´n.

Wir sind nicht jung an Jahren,
doch geistig immer wach,
der Mumm, den wir bewahren,
hält Zipperlein im Schach.
Das lässt uns zünftig wandern
durch Wiesen, Wald und Feld,
wir würdigen mit Andern
die Schönheit uns´rer Welt.

Wir wandern froh mit Muße
und legen Pausen ein,
das ist ja keine Buße,
vergnüglich soll es sein.
Vergnüglich auch am Ende
im nahen Stammlokal,
da prosten wir behende
uns zu auch dieses Mal.

Jäger und Wald

Dem Jäger ist der grüne Wald
sein allerliebster Aufenthalt.
Den Hund, den hat er stets dabei,
den braucht er für die Jägerei.
Den Wald der Weidmann stolz durchmisst,
er schaut, was wohl zu jagen ist.

Auch Jäger trifft die Ironie,
es narrt ihn gern die Fantasie.
Er sieht dann, dass da nah was blinkt.
Ist das die Waldfee, die da winkt?
Ein Jäger ist ja auch nur Mann,
den eine Waldfee locken kann.

Der Wald, der ist für vieles gut,
geheimnisvoll er in sich ruht.
Der Wald dient nicht dem Jagen bloß,
er bildet Jäger zweifellos.
Dem Weidmann haucht er Bildung ein,
der spricht im Wirtshaus nur Latein.

Jahreswandel

Da lächelt nun wieder der Himmel so blau,
es strahlen die Blumen in Gärten und Au.
Begrünt sind die Bäume, aus Hecken strömt Duft,
es schwirren die Vögel vergnügt durch die Luft.

Die Menschen vergessen des Tages Verdruss,
empfinden das Leben als frohen Genuss,
entdecken ihr Umfeld aus freundlicher Sicht,
genießen die Tage mit Sonne und Licht.

Und bald taumeln Blüten vom Baum hin zum Grund,
noch leuchten die Blätter in herbstlichem Bunt.
Die Augen der Blumen sind weithin schon blind,
die Veilchen nur wiegen sich leicht noch im Wind.

Was rings da noch lebt, nur zu bald nun vergeht,
schon bald kalter Nordwind nach Süden hin weht.
Dann fallen die Blätter, das Buschwerk wird kahl,
und Nebel verschleiert das dampfende Tal.

So wandelt das Jahr sich seit ewiger Zeit,
es wechselt beharrlich die Erde ihr Kleid.
Und das gibt uns Hoffnung, es wird alles neu,
es kehrt alles wieder, die Erde ist treu.

Jugend, schöne Jugendzeit

Als noch der Jugend helle Tage
vom Himmel hoch mir zugelacht,
da hab' ich ohne Müh' und Plage
die Stunden fröhlich zugebracht.
Mein Herz war leicht und unbefangen,
mir war das Leben zugetan.
So manche Streiche mir gelangen,
und es geriet mir mancher Plan.

Wenn ich so ging durch Städtchens Gassen,
dann schauten mir die Mädchen nach.
Ich konnte kaum mein Glück erfassen,
so Mancher ich ins Auge stach.
Ich war den Mädchen wohlgesonnen,
und manche Schöne war mir hold;
so manches Herz hab' ich gewonnen,
hat mich beschenkt mit mehr als Gold.

Die Zeit der Jugend ist verflogen,
die besten Jahre sind vorbei.
Es war das Leben mir gewogen,
jedoch es kommt kein neuer Mai.
Was früher gern hab' ich besungen,
das war der Zukunft weites Feld,
doch es sind nun Erinnerungen,
die heiter prägen meine Welt.

Ich denk' zurück voll Dankbarkeit:
O Jugend, schöne Jugendzeit.

Kurze Zeit

Kurze Zeit nur auf der Welt
ist uns zugemessen,
schnell ein Boot am Fels zerschellt,
das sei nie vergessen.
Heute strahlt der Frühling noch,
Rosen blüh´n und Nelken,
allzu bald der Herbst jedoch
alles lässt verwelken.

Lasst die Nachtigall im Wald
nicht vergebens singen,
allzu schnell ihr Lied verhallt,
hört bewusst es klingen.
Nehmt die bunten Farben wahr
in den Au´n und Fluren,
denn es endet flugs das Jahr,
löscht des Frühlings Spuren.

Treffen junge Leute sich,
hört man frohes lachen,
sollen sie nur freundschaftlich
Fröhlichkeit entfachen.
Wenn die Jahre geh´n dahin,
Trübsal mag auch lauern,
und es schleicht sich in den Sinn
Wehmut und Bedauern.

Lasst sie reden

Lasst die Politiker nur reden,
das bringt uns aus der Fassung nicht.
Lasst sie sich ruhig doch befehden,
das ist vielleicht ja ihre Pflicht.
Noch leiden wir ja keine Not,
noch gibt es Butter auf dem Brot.

Vieles Politiker versprechen,
das wohl gehört zu ihrem Spiel.
Macht euch deshalb kein Kopfzerbrechen,
das bringt nur Frust und macht senil.
Was da auch steht im Protokoll,
alles doch kommt, wie's kommen soll.

Lasst die Politiker nur reisen
rund um die Erde, weit umher.
Dann können hier sie nicht entgleisen,
Unfug beschließen folgenschwer.
Was sollen sorgenvoll wir sein?
Noch fließen Rente und der Rhein!

Leben am Rhein

Droben die Reben, darunter der Rhein,
weithin umgeben von Felsengestein.
Überall Frohsinn, Gesang auf den Wein.
Schön ist das Leben, das Leben am Rhein.

Heitere Lieder und echter Humor
bringt immer wieder der Volksmund hervor.
Frohe Geselligkeit jeden lädt ein.
Schön ist das Leben, das Leben am Rhein.

Menschen, die wandern und kommen herum,
sagen es And`ren, sie bleiben nicht stumm,
sprechen die Wahrheit, kein Jägerlatein.
Schön ist das Leben, das Leben am Rhein.

Steinige Flecken hoch oben am Hang
Reben bedecken die Höhen entlang.
Landschaft, wie kannst du so zauberhaft sein?
Schön ist das Leben, das Leben am Rhein.

Himmlischer Segen behütet das Land,
Menschen es pflegen mit Herz und mit Hand.
Liebe zur Heimat ist Maßstab allein.
Schön ist das Leben, das Leben am Rhein.

Lebenslied

Wie der Wind, wie Meereswellen
eilt dahin die Lebenszeit.
Lasst uns drum dem Tag uns stellen
mit Humor und Fröhlichkeit.
Lasst uns jeden Tag genießen,
denn es kann der letzte sein.
Nichts, was kommt, soll uns verdrießen,
laden wir den Frohsinn ein.

Lasst die Welt uns freundlich sehen,
Argwohn hilft dem Wohlsein nicht.
Auch wenn Stürme heftig wehen,
halten wir das Gleichgewicht.
Lasst uns nicht nach Sternen greifen,
nicht uns locken weit hinaus.
Warum in die Ferne schweifen,
wenn wir glücklich sind zu Haus?

Lasst uns froh zusammen singen,
Freundschaft pflegen immer neu.
Lasst uns stets vor allen Dingen
der Gemeinschaft bleiben treu.
Wenn wir uns zusammen finden,
soll uns munden auch der Wein.
Wo uns Lieder eng verbinden,
soll der Frohsinn König sein.

Lenzsonne

nach einem russischen Volkslied

Lenzsonne golden vom Himmel lacht,
rings sind die Boten des Frühlings erwacht.
Freundliches Licht, von der Sonne gesandt,
weckt neues Blühen, verzaubert das Land.

Zaghaft der Vogel sich wagt aus dem Nest,
schwingt sich hinauf in des Baumes Geäst.
Eisfreie Bäche, zu hören ganz nah,
künden von Leben: der Frühling ist da.

Lauwarme Winde die Felder umweh´n.
Reste von Eis und von Altschnee vergeh´n,
fröhlich der Bauer den Acker bestellt,
singt in den Tag, erfreut sich der Welt.

Liebe und Freundschaft

Ja, so sei´s, die Liebe lebe,
was wir lieben sei verehrt.
Jeder drum sein Glas erhebe
frohgestimmt vom Gold der Rebe,
denn die Liebe ist es wert.
Wo Liebe lacht, ja, wo sie lacht,
da ist das Glück, das reich uns macht.

Himmelsgabe sind die Stunden,
die in Freundschaft wir verbracht,
in Gemeinschaft eng verbunden,
haben wir uns gern gefunden
und die Fröhlichkeit entfacht.
Der Freundschaft Geist, ja, deren Geist,
der bleibt und sich als treu erweist.

Sollte uns das Schicksal trennen,
führen in ein fremdes Land,
werden wir doch nie verkennen,
was wir enge Freundschaft nennen,
die ins Herz uns ist gebrannt.
Wohin wir geh´n, die Schritte dreh´n,
die wahre Freundschaft bleibt besteh´n.

Liebe, Wein und Gesang

nach einem französischen Volkslied

Lasst, Freunde, uns erstreben,
was im Wechsel uns erfreut.
Wie trist wird dem das Leben,
der des Wandels Vielfalt scheut.
Wie die Liebe lockt auch der Wein,
nach der Nacht soll´s hell wieder sein,
auf Sturm folgt Sonnenschein.

Will Ärger an euch nagen,
fresst ihn nicht in euch hinein.
Ihr braucht nicht zu verzagen,
denn es gibt noch immer Wein.
Ja, der Reben köstlicher Saft,
neues Wohlbefinden uns schafft,
der Wein schenkt Mut und Kraft.

So schnell das Leben endet,
allzu schnell die Zeit vergeht.
Drum keine Zeit verschwendet,
nie zurück die Uhr sich dreht.
Freunde, Liebe, Wein und Gesang
machen frei von Trübsal und Zwang
ein ganzes Leben lang.

Lob der Farbe grau

Besingt das Rot, das Grün, das Blau,
die schönste Farbe doch ist grau.
Die meisten Weisen, die wir ehren,
in grauem Haar die Welt belehren.
Grau ist die Landschaft nach der Nacht,
bevor ein neuer Tag erwacht,
und grau, betrachtet durch Gardinen,
sind bei den Damen selbst Blondinen.

Grau ist die Farbe, wie man weiß,
die keinen stempelt ab zum Greis.
Wenn wir die Farbenwelt vergleichen,
sieht Grau man nirgendwo verbleichen.
Das edle Grau dämpft Silberhaar,
wirkt vornehm und gediegen gar.
Die graue Maus, wie wir sie nennen,
gewinnt bei manchem Herrn das Rennen.

Drum soll das Grau die Farbe sein,
für deren Ruf ich stehe ein.
Wer immer pflegt sich grau zu kleiden,
muss blaue Augen drum nicht meiden.
Rühmt ihr das Rot, das Grün, das Blau,
ich stehe treu zum edlen Grau,
denn es verleiht mir Wohlbehagen,
in Würde graues Haar zu tragen.

Mai

nach einem russischen Volkslied

Der Lenz ist angekommen
und macht uns alle froh.
Wir singen Frühlingslieder:
Hali, trara, halo.

Der Lenz begrünt die Fluren,
lässt atmen wieder frei.
Die schönste Zeit des Jahres,
das ist der Monat Mai.

Im Tal, auf Bergeshöhen,
im Wald und anderswo,
erklingen Frühlingsweisen:
Hali, trara, halo.

Mein liebster Schatz

Mein liebster Schatz auf dieser Welt,
der ruht in einem Keller,
ein Holzfass ihn gefangen hält,
den Schatz, den Muskateller.
Der Schatz im Fass ist Goldes wert,
wird Jahre schon von mir verehrt,
wird immer wieder heiß begehrt.

Den edlen Muskatellerwein,
das Fass will gern behalten,
doch kommt daher ein Krug aus Stein,
lässt oft es Milde walten.
Es fließt dann in den Krug sein Wein,
mein Schatz, der lässt mich nicht allein,
lässt stets mich wieder glücklich sein.

Dem liebsten Schatz im alten Fass,
dem bin ich ganz ergeben,
auf meine Treue ist Verlass,
so lange blühen Reben.
Mein liebster Schatz mir Mut verleiht,
von allen Sorgen mich befreit,
mir Frieden schenkt und Fröhlichkeit.

Nachtigall im Sommer

Die Nachtigall will singen
zur schönen Sommerzeit,
ihr Lied will Freude bringen,
des Sommers Heiterkeit.
Von morgens früh, den ganzen Tag
erklingt ihr zartes Lied,
im Wald mit leisem Flügelschlag
sie ihren Dienst versieht.

Mit ihren sanften Weisen
sie manches Herz erfreut,
sie will die Schöpfung preisen,
und Trübsal sie zerstreut.
Es weckt die junge Liebe sie
mit ihrer Stimme Klang,
es klingt die süße Melodie
den ganzen Sommer lang.

Die Nachtigall will singen,
des Sommers Echo sein,
ihr frohes Lied soll dringen
in jedes Herz hinein.
Der Lobgesang der Nachtigall
bereichert Au und Flur,
er tönt wie heller Flötenschall
zum Ruhme der Natur.

Natürliche Freude

Es wehen die Lüfte ganz zärtlich und sacht,
so freundlich die Sonne vom Himmel her lacht.
Von Freude umgeben,
so lässt es sich leben,
von Freude, die pur
entspringt der Natur.

Es führt uns die Freude nach Arbeit und Fleiß
zu Freunden in einen geselligen Kreis.
Da wird manche Stunde
in fröhlicher Runde
erzählt und gelacht
bis spät in die Nacht.

Die Freude zieht ein in das ärmlichste Haus,
wenn die, die da wohnen, sie sperren nicht aus.
Auf vielfachen Wegen
kann Freude sich regen,
entzünden ihr Licht,
verwehren sich nicht.

Nibelungengold

Ein König alt und weise,
der lebte einst am Rhein,
er stand im Ritterkreise
als Mahner oft allein.
Er hasste Speer und Degen,
er liebte Wald und Flur,
er lobte Gottes Segen,
den Reichtum der Natur.

Die Ritterschaft, die Jungen,
die wollten Gold und mehr,
den Schatz der Nibelungen,
den suchten sie umher.
Im Rhein, den tiefen Fluten,
sie tauchten bis zum Grund,
doch Steine nur dort ruhten,
kein Gold, kein Silberfund.

Der König ließ sie rufen
die Ritter, Mann für Mann,
und von des Thrones Stufen
er sprach sie ernsthaft an:
„Ihr Ritter, seht die Hänge,
die ranken hoch vom Rhein,
dort wächst, seht, ein Gepränge,
der größte Schatz, der Wein."

Nur so

Wenn man beim Wein sitzt, was muss dann geschehen?
Anstoßen, austrinken. So nur kann es gehen!
Dazu braucht man keinen Rat,
das verlangt nur nach der Tat.
Wer das Glas heut' fröhlich hebt,
weiß es, ob er lang' noch lebt?
Drum wenn man beim Wein sitzt, was muss dann geschehen?
Anstoßen, austrinken, so nur kann es gehen!

Wenn du dich lahm fühlst, was muss dann geschehen?
Knie beugen, Knie heben. So nur kann es gehen!
Das entspannt die Waden dir,
wirkt wie ein Getriebeschmier.
Beide Arme hochgereckt,
beide Hände ausgestreckt.
Wenn du dich lahm fühlst, was muss dann geschehen?
Knie beugen, Knie heben. So nur kann es gehen!

Wenn deine Frau greint, was muss dann geschehen?
Hinhören, weghören. So nur kann es gehen!
Frauen sind ganz gern bereit
zu Gezänk und lautem Streit.
Das trifft hart den Ehemann,
der sich selten wehren kann.
Drum wenn deine Frau greint, was muss dann geschehen?
Hinhören, weghören. So nur kann es gehen!

Wenn du betrübt bist, was muss dann geschehen?
Einatmen, ausatmen. So nur kann es gehen!
Das gibt Luft für Frohgesang,
der schafft neuen Tatendrang.
Singt der Mensch aus voller Brust,
steigt bei ihm die Lebenslust.
Drum wenn du betrübt bist, was muss dann geschehen?
Einatmen, ausatmen. So nur kann es gehen!

Prost, Freunde, Prost

nach einem russischen Volkslied

Wie Wellen des Meeres so brandet auch das Leben,
die Fluten verebben, das Leben schnell vergeht.
Wir sind von sanftem Wellengang zu selten nur umgeben,
zu schnell ein neuer Sturm zieht auf, der ins Gesicht uns weht.

Wer weiß, welches Schicksal uns morgen ist beschieden?
Wer weiß, ob die Sonne schon morgen wieder lacht?
Zu selten gönnt des Lebens Lauf uns Heiterkeit und Frieden,
zu viel der Alltag mit sich bringt, was schwer das Leben macht.

Es kommt für uns alle der letzte Tag des Lebens,
dann zählen die Stunden, die glücklich uns geseh´n.
Dann wollen wir uns sagen nicht: dein Leben war vergebens.
Denn viel zu schwer es würde uns, aus dieser Welt zu geh´n.

Prost, Freunde, sagt euch Prost,
Glas an Glas mit Wonne stoßt.
Nehmt zum Trinken euch viel Zeit,
heute gönnt euch Fröhlichkeit.

Reiche, bunte Welt

Die Welt ist reich und bunt,
sie dreht sich, doch hat festen Grund.
Wo wir steh´n, wo wir geh´n,
die Welt ist reich und bunt.

Die Welt uns viel beschert:
ein Leben das ist lebenswert.
Sonnenschein, Brot und Wein.
Die Welt uns viel beschert.

Des Herzens Fröhlichkeit
als Gabe hält die Welt bereit.
Immer neu, immer treu
erbaut uns Fröhlichkeit.

Rhein und Reben

Der Rhein mit seinen Reben
erfüllt mit Stolz uns ganz,
wir wollen ihn erleben
noch oft im Sonnenglanz.
Der Rhein mit seinen Wogen
ans Felsenufer schlägt,
und wie ein Bilderbogen
die Landschaft ehern prägt.

In seinem starken Strome
die Klippen ragen auf,
und viele hohe Dome
umsäumen seinen Lauf.
So viele alten Lieder
besingen Rittertum,
es spiegelt drin sich wider
des Vater Rheines Ruhm.

So lasst auch uns besingen
den wundervollen Rhein
dort Stunden gern verbringen
mit seinem guten Wein.

Rhein und Wein

Freunde, lasst uns fröhlich singen
mit Humor ganz unbeschwert,
lasst ein Hoch uns allen bringen,
allen, die uns lieb und wert.
Der Gesang soll inspirieren,
gute Laune garantieren,
darum stimmt nun alle ein,
lasst den Frohsinn König sein.

Hoch die Frauen sollen leben,
die uns teuer sind wie Gold,
wenn auch Manche, zugegeben,
auch mal laut vernehmlich grollt.
Lasst die Frauen uns verehren,
die wir wollen nicht entbehren,
drum ein Hoch mit Herz und Schneid
allen Frauen sei geweiht.

Doch es sei auch nicht vergessen,
was uns schenkt das Land am Rhein,
unser Hoch gilt angemessen
auch dem Gold, das blinkt im Wein.
Drum ein Hoch auf alle Reben,
die uns rings am Rhein umgeben,
drum stimmt alle dankbar ein
in das Lob auf Rhein und Wein.

Rheinwein

Gesang und echte Fröhlichkeit
bei wunderbarem Wein
hält immerzu für uns bereit
der alte Vater Rhein.
Wer fühlt sich nicht im Himmelszelt,
wenn Gold im Glase blinkt,
wenn rings herum nur lacht die Welt,
ein Engel freundlich winkt?

Was kümmert uns der Rest der Welt,
das Rheinland uns genügt,
wo Mensch zu Mensch sich gern gesellt
und sich dem Frohsinn fügt.
Die Erde ist kein Jammertal,
ganz sicher nicht am Rhein,
fehlt dort einmal ein Sonnenstrahl,
das wird nicht lange sein.

Der wundersame Traubensaft,
vom Sonnenschein beseelt,
den Frohsinn und die Lebenskraft
im Weinglas nicht verfehlt.
Den Winzer, der mit Ernst und Fleiß
den edlen Wein uns macht,
den grüßen wir im Zecherkreis,
mit Lob sei er bedacht.

Rheinweinlied

Wo an den Hängen weit und breit
ein Wein wie dieser noch gedeiht,
da wollen wir voll Heiterkeit
nur allzu gern verweilen.
Stoßt an, stoßt an am Rhein,
wir wollen seinen Wein
mit Freunden gerne teilen.

Es wächst auch Wein im Frankenland,
auch Moselwein ist weltbekannt,
sogar an Sachsens Elbestrand,
da blüh´n und wachsen Reben.
Doch wisst, den besten Wein,
den kann es nur am Rhein,
im schönen Rheinland geben.

So manches weise Dichterwort,
das klingt in vielen Liedern fort;
ein Schatz ist das, ein reicher Hort,
der drängt uns froh zu singen.
Stoßt an, stoßt an am Rhein,
lasst dort bei seinem Wein
uns lange Zeit verbringen.

Sandunga

nach einem mexikanischen Volkslied

„Sandunga, so öffne die Türe,
verschlafe nicht all deine Schwüre.
Wach' auf!" ruft der Pedro verdrossen,
die Tür jedoch bleibt ihm verschlossen.

Sandunga, die labt sich im Schlummer,
es quält sie nicht Pedroleins Kummer.
Sie hat ihn ja längst schon vergessen,
ihr Herz hat er niemals besessen.

Sänger hier

Sänger, hier in dieser Runde
schätzt den Tag und diese Stunde.
Ja, so Vieles kann geschehen,
wer von uns hier das schon weiß.
Wünschen wir uns Wohlergehen
heute hier in diesem Kreis.

Wünschen wir uns Glück und Segen,
Sonne stets nach jedem Regen.
Möge Krankheit uns verschonen,
nichts befallen das Geblüht.
Soll stattdessen in uns wohnen
stets ein heiteres Gemüt.

Wolken oft die Welt verdunkeln,
doch dahinter Sterne funkeln.
Nebelschwaden früh verschleiern
das der Tag doch Sonne bringt.
Drum lasst alle froh uns feiern,
Frohsinn Ungemach bezwingt.

Sängerabschied

Sängerfreunde in der Runde,
Ehre dem Gesang erweist.
Angebrochen ist die Stunde,
die uns Abschied nehmen heißt.
Lasst uns heute froh noch singen,
aufrecht bei einander steh´n.
Dieses Lied soll in uns klingen,
bis wir bald uns wiederseh´n.

Lasst uns draußen nicht vergessen,
was uns eint und bleibt uns wert.
Wer da singt, der kann ermessen,
wie Gesang das Wohlsein mehrt.
Wenn wir heute hier uns trennen,
wollen wir uns treu doch sein,
wollen fröhlich uns bekennen
zum Gesang und auch zum Wein.

Ja, der Wein gehört zum Singen,
wie Gesang gehört zum Wein.
Beide wollen Gram bezwingen,
für den Frohsinn Mittler sein.
Freunde, wisst, wenn Alltagstreiben
Sorgen uns und Kummer macht,
der Gesang und Wein uns bleiben,
auch wenn nicht die Sonne lacht.

Schaut nicht rückwärts

Wo nur sind die Jahre hin,
die wir jung erlebten?
Machten uns´re Ziele Sinn,
die wir ernst erstrebten?

An die bunte Frühlingszeit
allzu gern wir denken,
als das Herz sich fand bereit,
ganz sich zu verschenken.

An den grünen Sommerwald
denken wir so gerne,
doch was war, ist längst verhallt
draußen in der Ferne.

Schaut nicht rückwärts,
schaut nach vorn,
weiter geht´s,
noch bläst das Horn.

Schenkt ein den Wein
nach einem holländischen Volkslied

Schenkt ein den Wein und fühlt euch frei,
das Jammern lasst uns lassen.
Der Frohsinn uns willkommen sei,
den Teufel lasst und hassen.

Der Wein, der ist zum Trinken da,
die Mädchen lasst in Frieden.
Vergesst das Land Utopia,
ihr alten Invaliden.

Das Leben währt nicht ewig lang',
drum lasst es uns genießen
bei Wein und heiterem Gesang,
das wollen wir beschließen.

Singen und Trinken

Beim Singen und Trinken entspannt sich der Geist.
Gefühle erwachen, die schienen verwaist.
Drum wollen wir singen, und trinken dazu,
dann wird uns das Leben zur Freude im Nu.

Wir brauchen nicht Güter und auch nicht viel Geld,
erfreuen uns aber der Vielfalt der Welt.
Die Schönheit, die Liebe besingen wir gern,
Gemeinheit und Feindschaft, die liegen uns fern.

Im Bunde mit Freundschaft Gesang macht uns reich.
Wir fördern den Frohsinn, Gemeinschaft zugleich.
Im Kreise von Freunden, im trauten Verein,
gehört zu den Liedern auch funkelnder Wein.

Sommer

Im Sommer, im Sommer,
der schönen Jahreszeit,
lacht freundlich die Sonne,
der Frohsinn macht sich breit.
Das ist die Zeit zum heiter sein,
die Zeit, die lädt zum Singen ein.
Der Sommer schenkt uns grüne Pracht,
die reich und glücklich macht.

Die Lerche, die Lerche,
die schwingt sich in die Luft,
sie fliegt hoch hinaus
über Hügel, Tal und Kluft.
Es singt im Wald die Nachtigall,
stimmt fröhlich uns, erfreut uns all'.
In Tälern wie auf Berges Höh'n,
der Sommer, der ist schön.

Der Himmel, der Himmel
ist wolkenfrei und blau,
die Sonne, die thront
über Wiesen, Flur und Au.
Wer ist es, der nicht singen mag,
an diesem schönen Sommertag?
Im Sommer, dieser schönen Zeit,
macht Fröhlichkeit sich breit.

Sommerabend
nach einem finnischen Volkslied

Es war ein Sommerabend,
es zog der See mich an.
Dort saß am Rand ein Mädchen,
das in die Ferne sann.
Die Sommerabendbrise
durchkämmte blondes Haar.
Von dieses Bildes Anmut
ich ganz gefesselt war.

Das Mädchen schien zu träumen,
so saß es da am Strand.
Die Zeit schien still zu stehen,
verstummt schien rings das Land.
Es schwirrte durch das Buschwerk
ein Vogelpärchen nur.
Es schwieg der Sommerabend,
es ruhte die Natur.

Die Jahre sind vergangen,
der See mich lockt erneut,
und die Erinnerungen
sind längst noch nicht zerstreut.
Ich sehe noch das Mädchen
im Sommerabendlicht.
Das Bild will nicht verblassen,
das Bild verlässt mich nicht.

Sommertag

Himmelblau, bunte Au,
Wiesengrund in grünem Kleid;
Blumenrain, Buchenhain,
grüß dich, schöne Sommerzeit.

Zwitschern hallt durch den Wald,
Vögel pfeifen frei ihr Lied;
Rosenduft in der Luft
durch der Häuser Gärten zieht.

Feld und Flur leuchten pur,
sattes Grün ziert Busch und Strauch;
weit und breit Frucht gedeiht,
und der Wein am Rebstock auch.

Wer will da nicht fröhlich sein,
wenn da lacht der Sonnenschein?
Wer wohl da nicht singen mag,
schenkt sich uns ein solcher Tag?

Sonnenschein

Willkommen, lieber Sonnenschein,
du lässt uns froh und glücklich sein.
Dein Himmel strahlt in warmem Blau
und leuchtet über Flur und Au.
Willkommen, lieber Sonnenschein.

Willkommen, helles Sonnenlicht,
das rundum Wohlsein uns verspricht.
Das rings die Umwelt lässt erblüh´n
und wachsen lässt in sattem Grün.
Willkommen, helles Sonnenlicht.

Willkommen, schöner Sonnentag,
der lachend Glück zu streu´n vermag.
Der zeigt das Land in bunter Pracht,
die ehrfurchtsvoll und dankbar macht.
Willkommen, schöner Sonnentag.

Sonntag

Der Sonntag ist da!
Willkommen bei Jungen und Alten,
die gerne die Muße gestalten
vom Alltag befreit.
Der Sonntag, der kommt uns gelegen,
erweist sich für alle als Segen
in hektischer Zeit.

Der Sonntag ist da!
Es ruhen zermürbendes Hasten;
der Stress und die täglichen Lasten
verlieren die Wucht.
Ein Tag so mit heiteren Klängen,
entbunden von jeglichen Zwängen,
der trägt reichlich Frucht.

Der Sonntag ist da,
um Alltagsverdruss zu zerstreuen,
auf dass denn sich alle erfreuen
an Wald, Flur und Feld.
Den Sonntag zu halten in Ehren,
soll niemand dem Menschen verwehren
für nichts auf der Welt.

Vergangen die Jahre

Vergangen sind viele Jahre,
wir haben so Vieles geseh´n,
wir folgten dem Ruf der Fanfare,
es sollte uns nichts entgeh´n.

Wir wollten die Welt erleben,
wir suchten, was war für uns neu,
wir wollten dem Alltag entschweben,
vergnügen uns ohne Scheu.

Wir wollten die Freiheit fühlen,
entwinden uns jeglichem Zwang
und langatmig mahlende Mühlen
befeuern zu schnellem Gang.

Wir wollten die Liebe finden,
die über das Wolkenmeer ragt,
die Unwetter kann überwinden,
die leuchtet und nie verzagt.

Die Jahre sind fortgeschritten,
die Welt hat sich weiter gedreht,
wir haben gelacht und gelitten,
so wie das im Leben so geht.

Das Leben geht immer weiter,
es schlägt manchen Zickzackweg ein,
es zeigt sich mal düster mal heiter,
auf Regen folgt Sonnenschein.

Versteckspiel Liebe

nach einem argentinischen Volkslied

Ein Versteckspiel ist die Liebe,
niemand kennt ihr Wesen ganz.
Da Gelegenheit macht Diebe,
nutzt sie für ihr Spiel den Tanz.

Ein Versteckspiel ist die Liebe,
oftmals stockt sie im Verlauf,
und dann jäh wie Frühlingstriebe
bricht sie leidenschaftlich auf.

Ein Versteckspiel ist die Liebe,
Eisblock mal wie Blumenstrauß,
teilt mal Gunst und teilt mal Hiebe
je nach Lust und Laune aus.

Doch wie niemals reift der Wein
ohne warmen Sonnenschein,
kann kein Mensch wie kalter Stein
ohne jede Liebe sein.

Was fröhlich macht

Was wohl Menschen fröhlich macht?
Sagt, was ist es?

Sonnenschein mit warmem Flimmern,
der vom blauen Himmel lacht,
der verbreitet helles Schimmern!
Ja, es ist der Sonnenschein,
der lässt Menschen fröhlich sein.

Sattes Grün von Busch und Bäumen,
uns´rer Erde bunte Pracht,
Blumen, die ein Feld umsäumen!
Ja, es ist das satte Grün,
das die Fröhlichkeit lässt sprüh´n!

Lieder sind es, die erklingen,
in Gemeinschaft angefacht,
die hinein in Herzen dringen!
Ja, es zaubert der Gesang
Heiterkeit mit seinem Klang!

Ganz gewiss der Saft der Reben,
wenn genossen mit Bedacht,
kann ein Stimmungstief beheben!
Ja, es ist ein guter Wein,
der lässt Menschen fröhlich sein!

Was kann schöner sein

Was kann schöner sein
als der Sonnenschein,
wenn er folgt auf starken Regen?
Wenn der Himmel lacht,
warmes Licht entfacht
und entfaltet seinen Segen?
Wälder, Felder, grüne Auen,
leuchten hell, uns zu erbauen.
Was landaus, landein
kann denn schöner sein
als ins weite Land zu schauen?

Was kann schöner sein
als ein Edelstein,
dessen Funkeln sich verbreitet?
Schöner, ohne Tand
blinkt das Heimatland,
das im Herzen uns begleitet.
Heimat leuchtet auch für Leute,
die das Schicksal weit verstreute.
Wo landaus, landein
kann es schöner sein
als zu Hause, hier und heute?

Was kann schöner sein,
als wenn froh beim Wein
Sänger sich zum Chor verbinden?
Wenn der Stimmen Klang
wird zum Chorgesang,
wenn sich Harmonien finden?
Wenn vertraute Lieder klingen,
die in alle Herzen dringen?
Wo landaus, landein
kann es schöner sein,
als wo Menschen fröhlich singen?

Wasser und Wein

Wasser braucht der Mensch zum Waschen,
reinlich ist er sehr,
doch wer Wohlsein will erhaschen,
der braucht etwas mehr.
Was wohl, Leute, kann das sein?
Glaubt es mir, es ist der Wein.

Als das Römerheer vor Zeiten
auf Germanen traf,
ließen die das wilde Streiten,
wurden lieb und brav.
Denn die Römer brachten Wein
den Germanen an den Rhein.

Auch der Platon mit Behagen
langte zu beim Wein,
nicht platonisch, kein Entsagen,
kein Verzicht, o nein.
Mehr noch als in Algebra
er im Wein die Wahrheit sah.

Wechsel

Bäume im Herbst ihre Blätter verlieren,
Blumen verblüh´n, ihre Knospen erfrieren.
Aber der Frühling, der kehrt immer wieder,
mit ihm zusammen die fröhlichen Lieder.
Hoffnung auf wärmenden Sonnenschein,
stellt sich stets wieder von neuem ein.
Nach jedem Herbst, jeder Winterzeit,
Frühling von Kälte und Eis befreit.
Frühling, ja, Frühling, kehrt jedes Jahr wieder,
weckt in den Herzen erbauliche Lieder,
die durch das Land klingen weit und breit.

Endet der Tag auch mit nächtlichem Dunkel,
trüben die Wolken der Sterne Gefunkel,
folgt doch, vom Himmelsgrund sicher geborgen,
jeden Tag wieder ein taufrischer Morgen.
Hell sich eröffnet ein neuer Tag,
lichterfüllt rings mit einem Schlag.
Nach dunkler Nacht ohne Sternenschein
stellt sich ein Tag wieder lichtvoll ein.
Frisch wieder regt sich und atmet das Leben;
rings vom Gedeihen und Wachsen umgeben
fordert heraus es zum „Glücklichsein".

Wein am Rhein

Im Frieden sind wir mit der Welt,
weil Freunde uns begleiten,
wir brauchen weder Gut noch Geld,
um Frohsinn zu verbreiten.

Die Männer, die mit ganzer Kraft
sich gegen Griesgram wehren,
die wollen wir mit Rebensaft
belobigen und ehren.

Ein gutes Herz, ein kluger Kopf
sind Dinge, die wir schätzen,
man packt sie nur zu gern beim Schopf,
die Zwei kann nichts ersetzen.

Die jungen Mädchen hier im Land,
die sollen Burschen wählen,
die mit Humor und mit Verstand
sich zu uns Sängern zählen.

Wer singt, der kennt die Fröhlichkeit
und lässt sich nicht verdrießen,
der bleibt auch gegen Frust gefeit,
der weiß auch zu genießen.

Wein ist Goldes wert

Der Wein, der Wein ist Goldes wert,
er lindert viele Schmerzen,
er macht die Dummen oft gelehrt
und bessert böse Herzen.
Der Wein wie Feuer geht ins Blut,
entfacht die fast verkohlte Glut.

Ein Freudenspender ist der Wein,
verscheucht Verdruss und Kummer,
er will ein Freund dem Kranken sein,
verhilft zu sanftem Schlummer.
Der Wein beflügelt Heiterkeit,
von Ungeduld und Hast befreit.

Der Wein macht keinen Unterschied
beim Armen oder Reichen,
entlockt ein frohgestimmtes Lied
dem Sänger unter Gleichen.
Gesang und Wein sind ein Gespann,
sie ziehen sich im Gleichklang an.

Wein, der Sorgenbrecher

Am Main im schönen Franken
gar edle Reben ranken,
die spenden guten Wein.
Ja, viele uns´rer Weisen
voll Ehrfurcht hört man preisen
die Traubenpracht am Rhein.

Im schönen Land der Hessen,
das darf man nicht vergessen,
wächst Wein besond´rer Art.
In Würtemberg und Baden,
der Wein von Gottes Gnaden
den Himmel offenbart.

Sogar im Elbesachsen
gesunde Reben wachsen,
die Pfalz das Lob beschließt.
Wir dürfen fest vertrauen
auf Wein aus deutschen Gauen,
der immer reichlich fließt.

Herr Wirt, du hast kein Herz aus Stein,
drum hol' von deinem besten Wein
und schenke endlich ein.
Wir wollen fröhlich singen,
den Belzebub bezwingen.
Der Wein, es heißt, belebt den Geist,
als Sorgenbrecher sich erweist.

Weiterwandern

Auf, auf, ihr lieben Leute,
das Herz nehmt in die Hand,
noch weiter geht es heute
im schönen Heimatland.
Wer wollte sich nicht freuen
mit hell erwachtem Sinn,
wenn Flur und Auen streuen
die Blüten vor uns hin.

Es geht nicht immer eben,
bergab geht´s und bergan.
So ist das mal im Leben,
kein Mensch das ändern kann.
Wer da am Weg ermattet,
der gönnt sich eine Rast,
ein Wald ihn gern beschattet,
der Wanderer ist Gast.

Der Träge mag verzagen,
geht mehr zurück als vor,
doch wir nicht lange fragen,
wir geben volles Rohr.
Wir singen uns´re Lieder
und finden stets das Ziel.
Dort lassen wir uns nieder
mit Frohsinn und mit Stil.

Weltgeschichte

Die Weltgeschichte Phasen kennt,
ja, drei sind es, nach Plan.
Im ersten Teil die Menschheit pennt,
verfällt dem Wasserwahn.
Sie trank nur Wasser, liebte es,
dann kam die Flut und Not.
Die Menschen tranken sich indes
mit Wasser in den Tod.

In Phase zwei der Mensch erfand
den wunderbaren Wein,
der prägte Weisheit und Verstand,
ließ alle glücklich sein.
Sie tranken Wein zu jeder Zeit,
sie taten es mit Stil,
doch manchmal gingen sie zu weit,
berauschten sich zu viel.

Und jetzt bricht an die Phase drei,
die neue Zeit beginnt.
Wir sind von Anfang an dabei,
mit uns die Zeit gewinnt.
Wir pflegen heiteren Gesang,
der trüben Geist erhellt.
Wir bringen Fröhlichkeit in Gang,
den Frohsinn in die Welt.

Wenn´s immer so bliebe

Wenn´s immer so bliebe, kein hin und kein her,
stets Frühling, kein Winter, den gäb es nicht mehr.
Aus kosmischer Ferne
nur leuchtende Sterne,
die Wolken zerstoben,
nur Sonne da oben.
Dann wär' unser Leben nie trostlos und leer.

Wenn´s immer so bliebe, kein hin und kein her,
das Herz immer fröhlich, von Kummer nie schwer.
Ringsum gute Laune,
kein dumpfes Geraune,
nur Lachen und Singen,
nur tonreines Klingen.
Dann wär' unser Leben nie trostlos und leer.

Wenn´s immer so bliebe, kein hin und kein her,
wo nirgends Soldaten mit Helm und Gewehr.
Politiker handeln,
sich freundlich verbandeln,
die fördern entschieden
nur Freiheit und Frieden.
Dann wär' unser Leben nie trostlos und leer.

Wer weiß, wer weiß

Für heute soll die Arbeit ruh´n und Schweigen,
wir lassen heute uns viel Zeit,
den Müßiggang wir machen uns zu eigen
in ungetrübter Einigkeit.

Lasst heute uns vergnügt spazieren gehen,
erleben Auen, Wald und Flur,
die Schönheit wollen wir nicht übersehen,
die sich uns zeigt in der Natur.

Das Wirtshaus lasst am Weg uns nicht verpassen,
das uns doch lädt so freundlich ein,
dort dürfen wir uns froh und ausgelassen
erfreu´n an einem guten Wein.

Wer weiß, was auf uns zu noch kommen mag,
vielleicht trifft allzu bald uns schon der Schlag.
Drum lasst uns singen,
Gram und Frust bezwingen,
lasst und genießen diesen Tag.

Wieder singen

Lasst uns fröhlich wieder einmal singen,
gute Laune schenkt und der Gesang.
Lasst die alten Lieder wieder klingen,
sie entfachen neuen Tatendrang.
Wo ertönt ein Lied,
schlechte Laune flieht,
wer da singt, verscheucht den Müßiggang.

Soll der Wein uns wieder einmal munden,
den Gesang er fördert wie den Geist.
Wo Gesang und Wein sind eng verbunden,
jeder Tag sich als Gewinn erweist.
Ehrt den edlen Wein,
der uns gern lädt ein,
der uns frohe Stunden stets verheißt.

Lasst uns gerne wieder einmal träumen
von der Liebe und dem alten Schwung.
Etwas Wehmut bleibt wohl einzuräumen,
wenn vorbei zieht die Erinnerung.
Doch nur wohlgemut,
alles ist ja gut,
weil wir in den Herzen bleiben jung.

Wieder Sommer

Es ist wieder Sommer, der Himmel, der lacht,
es leuchten die Gärten in üppiger Pracht.
Die Kronen der Bäume entfalten ihr Zelt,
und goldgelbe Ähren sich wiegen im Feld.

Wer möchte nicht wandern an solch einem Tag,
nicht frohgemut singen, so gut er vermag.
Es locken die Täler und Berge hinaus,
wer möchte da bleiben in Trübsal zu Haus.

Den Sommer, den muss man genießen mit Lust,
er macht uns die Höhe des Lebens bewusst.
Der Sommer, wie alles, im Fluge vergeht,
wohl dem, der die Zeichen des Lebens versteht.

Winter

Nirgends Blumen blüh´n,
Tannen nur sind grün.
Durch die Fensterscheiben
blickt das Wintertreiben.
Raureif glitzert weiß,
starr von Frost und Eis.

Kaum ein Vogelsang
bietet etwas Klang.
Nur die kleine Meise
zwitschert ihre Weise,
wenn sie unbeirrt
durch die Büsche schwirrt.

Öde weit und breit,
Hecken ohne Kleid,
wo im grünen Schatten
Vögel Nester hatten.
Winde wehen kalt,
fegen kahl den Wald.

Wer nicht muss hinaus,
hält sich auf im Haus.
Wer an Wintertagen
sucht das Wohlbehagen,
bleibt am warmen Herd,
pflegt sich unbeschwert.

Winterlied

Auf Wiesen und auf Weiden
dich weiße Daunen kleiden,
du weites stilles Land.
Kein Vogel lässt sich hören,
will deine Ruhe stören
in deinem weißen Schlafgewand.

Wo sonst die Schafe grasen,
nun kalte Winde blasen
bis auf die Hügelhöh´n.
Die weißen Flächen schweigen,
kein Leben will sich zeigen.
Auch ganz in Weiß, Land, bist du schön.

Im Weidenbusch ein Flimmern,
die Eiskristalle schimmern
im grellen Winterlicht.
Von schneebedeckten Feldern,
von kahl gefegten Wäldern
das helle Weiß ins Auge sticht.

Es haben Engel droben
das weiße Kleid gewoben,
das Flur und Au bedeckt.
Des Winters weiße Hülle
bewahrt der Schöpfung Fülle,
die in der Erde ruht versteckt.

Bald wird nach langen Wochen
des Winters Bann gebrochen.
Es weichen Eis und Schnee.
Es strahlt die Sonne wieder
auf Mutter Erde nieder,
du kalte Winterzeit, adé.

Wir fühlen uns prächtig

Ja, wir fühlen uns prächtig,
ja, wir fühlen uns gut,
und das ist nicht verdächtig,
das liegt uns im Blut.
Wir lieben unser Leben,
wir erfreu´n uns der Welt,
nach frohem Sinn wir streben,
ja, denn der uns jung erhält.

Wenn uns drücken mal Sorgen,
wie´s im Leben so ist,
soll´n die warten bis morgen,
das ist so eine List.
Denn Wunden oftmals heilen
über Nacht ganz allein,
es hilft ja nichts, zu eilen,
kommt doch alles, wie´s soll sein.

Ja, es drängt uns zu singen,
das lässt atmen uns frei;
der Gesang kann beschwingen,
ruft Lebenslust herbei.
Ein Liedchen frisch gesungen,
hält den Motor in Gang,
dem Herzensgrund entsprungen,
Wohlsein schenkt uns der Gesang.

Wo man Wein trinkt

Wo Wein wird getrunken,
sind gern wir dabei,
wenn Viele auch unken,
verwerflich das sei.
Der Wein manche Stunde
ist innig begehrt,
verleiht jeder Runde
den inneren Wert.

Wenn Stunden uns winken
mit Wein im Gespann,
dann soll nur versinken,
was trüb machen kann.
Der Wein lässt erwachen,
was brach in uns ruht,
was frei lässt uns lachen,
stärkt Frohsinn und Mut.

Der Wein hält zusammen,
die Menschen vereint,
lässt manchmal entflammen,
was glutlos erscheint.
Dem Wein gebührt Ehre,
es lebe sein Geist,
ihm niemand verwehre
den Ruhm, der ihn preist.

Wo noch Fideln klingen

Wo die Fideln hell erklingen
unter der Linde zur Sommerzeit,
wo die jungen Leute singen,
kann sich entfalten die Fröhlichkeit.
Wünsche kreisen, Wünsche schweben
unter´m grünen Blätterdach.
Wer will da schon widerstreben,
sich nicht befreien von Weh und Ach.

Wo im Dorf die Flöten spielen
unter der Linde nach altem Brauch,
Mädchen gern nach Burschen schielen,
Burschen nach Mädchen natürlich auch.
Meist sich Paare schnell ergeben,
dann geht´s mit dem Tanzen los.
Alle wollen was erleben,
ja, die Erwartung ist riesengroß.

Wenn alle sich im Kreise dreh´n,
die Stunden allzu schnell vergeh´n.
Die Mädchen schau´n die Burschen an,
ist einer wohl der rechte Mann?

Zwei Gitarren

nach einem russischen Volkslied

Zwei Gitarren höre ich,
sie im Ohr mir klingen,
eine, die lässt weinen mich,
doch die and´re singen.

Oft das Leben wild mich treibt,
schafft mir Unbehagen,
doch solange Wein mir bleibt,
will ich nicht verzagen.

Wenn bei Nacht ich einsam bin,
trösten mich die Sterne,
schleichen dann die Stunden hin,
horch´ ich in die Ferne.

Wein her, ich hör´ die zwei Gitarren.
Wie ein Zauberbann
zieht ihr Klang mich an.
Wein her, ich will nicht einsam harren,
Freunde mir beim Wein
sollen die Gitarren sein.

Das Herz will singen

Titel	Seite	Titel	Seite
Abendläuten	5	Ferner Schatz	35
Abendstimmung	6	Freude	36
Alte Freunde	7	Freunde trinkt aus	37
Arbeit	8	Freundschaft	38
Auf ins Grüne	9	Fröhlich durch´s Leben	39
Aufforderung	10	Fröhlich wandern	40
Bergische Mädchen	11	Frohsinn und Gesang	41
Bier und Wein	12	Frohsinn	42
Bitterer Winter	13	Gefühle	43
Bunter Frühling	14	Gerstenbräu	44
Buntes Laub	15	Gesang ist Leben	45
Das Gebet	16	Gesang	46
Das ist der Tag	17	Gesellige Freundschaft	47
Das verlorene Paradies	18	Glas und Fass	48
Dem Rheinland gehuldigt	19	Gott schütze die Reben	49
Der Chordirigent	20	Gute Laune	50
Der frühe Schnee	21	Heimatdorf	51
Der Mensch, den Kummer plagt	22	Heiter leben	52
Der singende Müller	23	Heiterkeit	53
Der wandernde Sänger	24	Herbst und Erntedank	54
Die Alten	25	Herbstlied	55
Die einsame Harmonika	26	Herr Wirt, schenk' ein	56
Die große Liebe	27	Hoffnung	57
Die Jahre vergehen	28	Ihr alten Knaben	58
Die letzte Rose	29	Ihr Männer	59
Die Schwalbe	30	Jäger und Wald	60
Doktor und Trinker	31	Jahreswandel	61
Drei Sterne	32	Jugend, schöne Jugend	62
Du bunter Herbst	33	Kurze Zeit	63
Ermutigung	34	Lasst sie reden	64

Das Herz will singen

Titel	Seite	Titel	Seite
Leben am Rhein	65	Versteckspiel Liebe	95
Lebenslied	66	Was fröhlich macht	96
Lenzsonne	67	Was kann schöner sein	97
Liebe und Freundschaft	68	Wasser und Wein	98
Liebe, Wein und Gesang	69	Wechsel im Leben	99
Lob der Farbe grau	70	Wein am Rhein	100
Mai	71	Wein ist Goldes wert	101
Mein liebster Schatz	72	Wein der Sorgenbrecher	102
Nachtigall im Sommer	73	Weiterwandern	103
Natürliche Freude	74	Weltgeschichte	104
Nibelungengold	75	Wenn's immer so bliebe	105
Nur so	76	Wer weiß, wer weiß	106
Prost, Freunde, Prost	77	Wieder singen	107
Reiche, bunte Welt	78	Wieder Sommer	108
Rhein und Reben	79	Winter	109
Rhein und Wein	80	Winterlied	110
Rheinwein	81	Wir fühlen uns prächtig	111
Rheinweinlied	82	Wo man Wein trinkt	112
Sandunga	83	Wo noch Fideln klingen	113
Sänger hier	84	Zwei Gitarren	114
Sängerabschied	85		
Schaut nicht rückwärts	86		
Schenkt ein den Wein	87		
Singen und Trinken	88		
Sommer	89		
Sommerabend	90		
Sommertag	91		
Sonnenschein	92		
Sonntag	93		
Vergangen die Jahre	94		